KB264516

조셉과 가브리엘을 위하여 _ 니콜라 데이비스
소피를 위하여 _ 에밀리 서튼

GROW by Nicola Davies illustrated by Emily Sutton

자라요

니콜라 데이비스 글 · 에밀리 서튼 그림 · 박소연 옮김 | 김정철 감수

1판 1쇄 박음 2020년 10월 30일 | 1판 1쇄 펴냄 2020년 11월 13일

펴낸이 박소연 | 펴낸곳 (주)도서출판 달리 | 등록 2002. 6. 4.(제10-2398호)
04008 서울시 마포구 희우정로 16길, 17-5
전화 02) 333-3702 | 팩스 02) 333-3703
ISBN 978-89-5998-405-3 77840

· 품명 : 양장 도서 · 제조자명 : 도서출판 달리 · 제조국명 : 중국 · 사용연령 : 3세 이상
· 안전표시 : 주의 책의 모서리가 날카로우니, 던지거나 떨어뜨려 다치지 않도록 주의하세요.

자라요

우리 DNA의 비밀

니콜라 데이비스 글 I.에밀리 서튼 그림

박소연 옮김

달리

모든 생물은 자라요.

식물도,

동물도,

사람도요!

생물이 자라는 방식은 모두 달라서
여러 다른 환경에서 살아갈 수 있어요.
어떤 생물은 주어진 시간 안에 매우 빨리 자라요.

사막에 사는 콜로라도 분꽃은
어쩌다 내리는 소나기를 이용해
열흘 만에 씨앗에서 꽃이 돼요.

터콰이즈 킬리피시는 알에서 나와 새끼손가락만 한 크기로
자라고 알을 낳기까지 보름밖에 안 걸려요. 살고 있는
웅덩이가 마르기 전에 이 모든 걸 마쳐야 하거든요.

어떤 생물은 매우 천천히 자라요.
그래서 거친 환경에서도
계속 자랄 수 있지요.

춥고 메마른 산에 사는 브리슬콘 소나무는 연필만 하게 자라는 데
40년이 걸려요. 그렇게 4,000년 넘게 살아요.

늘 춥고 어두운 북극해의 깊은 바다에 사는 쿼호그 조개는
손바닥만 해지는 데 500년이나 걸리죠.

얼마나 크게 자라는지도 중요해요.
어떤 것은 별로 커지지 않지만,
어떤 것은 아주 거대해지죠.

개복치와 리프카멜레온은 둘 다 작게 태어나요.

리프카멜레온은 나뭇잎 아래에 숨어 살아야 해서
성냥개비보다 길게 자라지 않아요.

하지만 넓은 바다를 맘껏 헤엄치는 개복치는
아주 거대하게 자라죠!

자란다는 건 단순히 몸집이 커지는 게 아니에요.
변화하는 거예요.

씨앗은 자라 커다란 씨앗이 아닌 나무나 꽃이 돼요.
애벌레는 나비가 되고요.

우리도 처음엔 엄마 뱃속에서 점과 같은
작은 형태였어요.

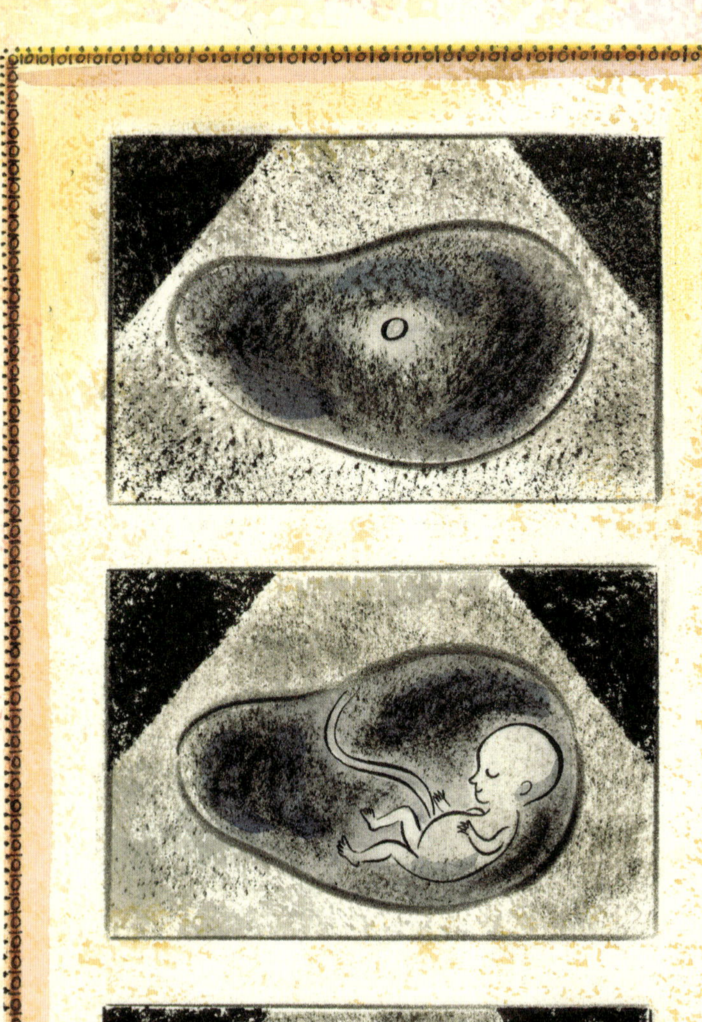

우리 몸은 단순히 커지기만 하는 게 아니라
형태가 변하고 복잡해지면서, 더 많은 것을
할 수 있게 돼요.

우리는 어른이 될 때까지 계속 커지고 변할 거예요.

하지만 몸에게 어떻게 자라라고 생각하거나 말할 필요는 없어요.

우리 몸은 작은 점의 크기일 때부터

생김새나 크기에 대한 모든 정보를 이미 가지게 되거든요.

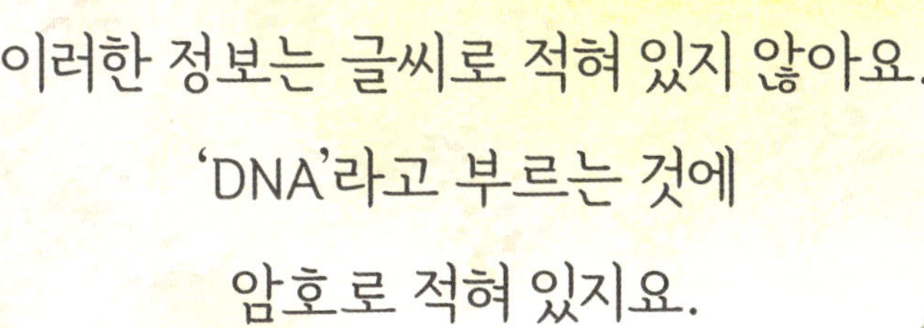

이러한 정보는 글씨로 적혀 있지 않아요.
'DNA'라고 부르는 것에
암호로 적혀 있지요.

DNA는 매우 작아서 전자 현미경으로만 볼 수 있는데,
배배 꼬인 사다리 모양을 하고 있어요.

DNA를 이루는 물질

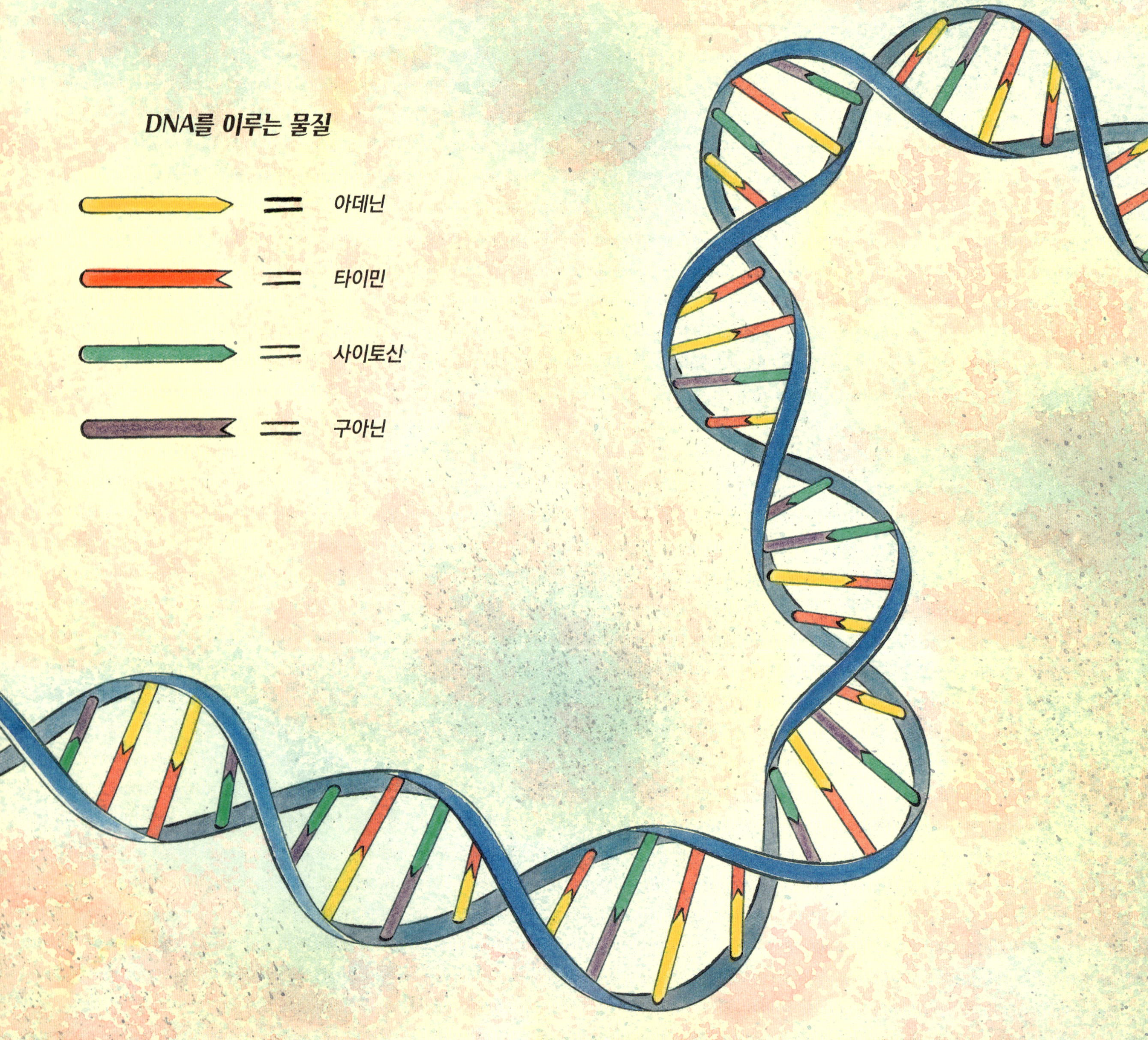

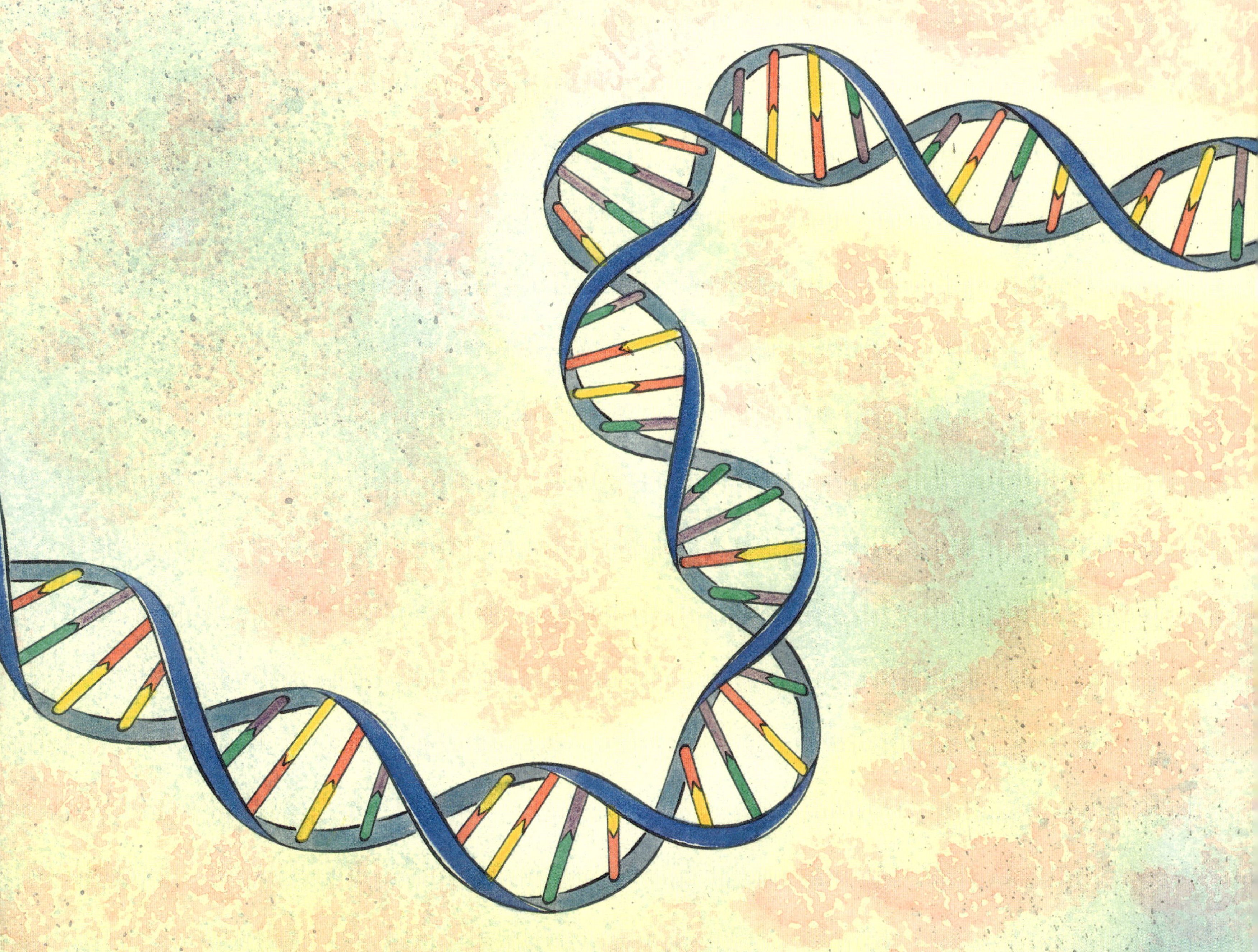

여기 그림에 네 가지 종류의 DNA 물질을 서로 다른 색깔로 표시했어요.

배배 꼬인 DNA 사다리는 수많은 발판으로 이루어져 있어서

네 가지 DNA 물질을 어떻게 조합하는지에 따라 무수히 달라질 수 있어요.

이렇게 사람마다 다르게 독특한 모습으로 조합된 사다리는
우리 몸을 어떻게 만들지 세세하게 알려 주어요.
이 모습을 '유전 암호'라 부르고, 각각의 정보를 '유전자'라 부르죠.

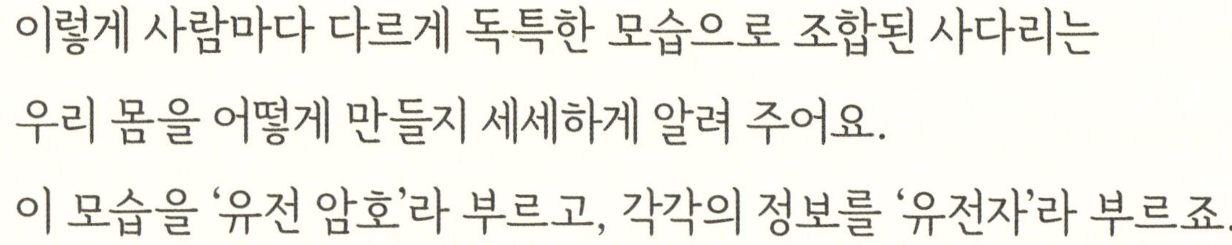

코의 모양을 결정하는 네 개의 유전자

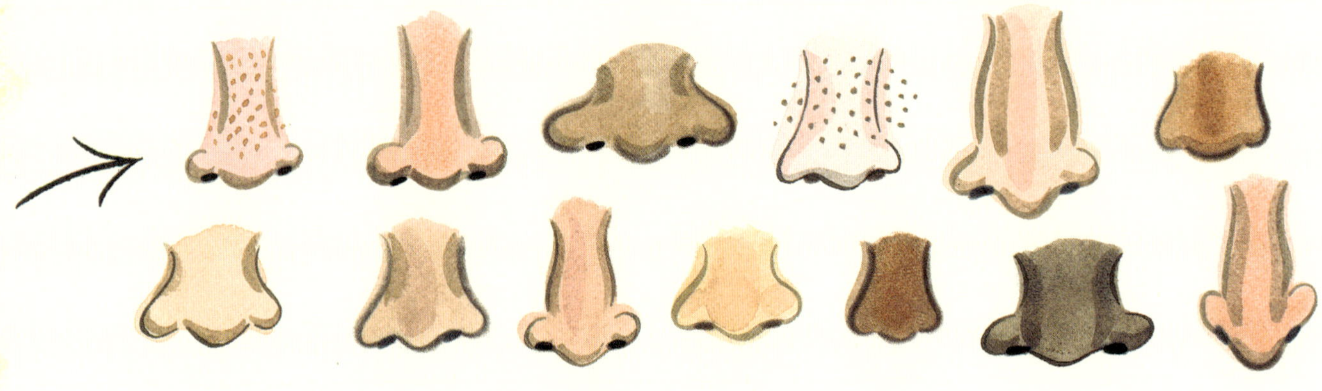

머리카락의 색과 두께, 모양을 결정하는 백 개가 넘는 유전자

눈의 색을 결정하는 열여섯 개 정도의 유전자

우리 몸이 만들어지고 계속 움직이기 위해서는
2만 개가 넘는 유전자가 올바른 순서로 일해야만 해요.

하나의 세포에 들어 있는 DNA는 쭉 펼치면 2미터쯤 되는데, 굉장히 가늘어서 아주
조그맣게 접혀요. 그래서 우리가 매우 작은 하나의 점이었을 때부터 고유한
유전 암호를 갖게 되고, 모든 세포에 유전 암호의 복사본이 들어갈 수 있지요.

유전자의 반은 아빠에게서, 또 나머지 반은 엄마에게서 받아요.
그래서 우리는 엄마와 아빠를 둘 다 닮게 되지요.

하지만 같은 부모에게서 유전자를 받더라도 형제자매와 모습이 완전히 똑같지는
않아요. (물론 일란성 쌍둥이는 예외예요!) 유전자의 조합이 다르니까요.

과학자들은 유전 암호가 얼마나 비슷한지 혹은 다른지를 연구해서 누가 누구와
연결되어 있는지를 밝혀요. 여러분의 유전 암호는 고유하고 특별해요.
하지만 가족끼리는 굉장히 비슷해요. 또 지구에 살고 있는 다른 사람들과도
꽤 비슷하고요. 왜냐하면 우리는 모두 사람이니까요.

동물과 식물도 유전 암호를 가지고 있어요.

사람과 가장 가까운 동물 친척인 침팬지의 유전 암호는
사람의 것과 매우 비슷해요.
개의 유전 암호는 그보다는 덜 비슷하지요.

금붕어는 더 조금 닮았고,

장미는 더더욱 조금 닮았어요!

하지만 모든 생물은 유전 암호가 서로 닮아 있어요.
지금 살아 있는 생물은 물론, 오래전 지구에서 살다
멸종된 생물까지도요!

서로 많이 달라도, 모두 생명을 가진
커다란 가족이기 때문이에요.

우리의 DNA는 아주 오래전 지구에 생명이 생겨난 때부터
우리를 다른 존재들과 또 우리의 조상들과 이어 주어요.

모든 생명은 다 같은 하나의 언어로

쓰여 있으니까요.

우리는 어떻게 자랄까요?

우리 몸은 수많은 '세포'로 이루어져요. 우리는 맨 처음 점과 같은 하나의 세포였어요. 세포의 수는 계속 불어나 여러분이 엄마 뱃속에서 세상 밖으로 나올 무렵에는 260억 개가 되어요. 어른이 될 때는 그보다 2천 배나 많아지고요.

맨 처음 점과 같은 하나의 세포는 엄마의 난자 세포와 아빠의 정자 세포가 합쳐져 만들어진 거예요. 이때 두 세포에 들어 있는 DNA도 합쳐지죠. 그리고 가는 실처럼 풀어져 있던 DNA가 서로 뭉쳐서 통통한 소시지처럼 되는데 이를 '염색체'라고 해요.

염색체는 계속 두 배로 자랐다가 반으로 잘려 나눠지는 과정을 반복해요.
그래서 그 세포가 두 개가 되고,
두 개가 네 개로
네 개가 여덟 개로
여덟 개가 열여섯 개로 되지요.
이를 '체세포 분열'이라고 해요.

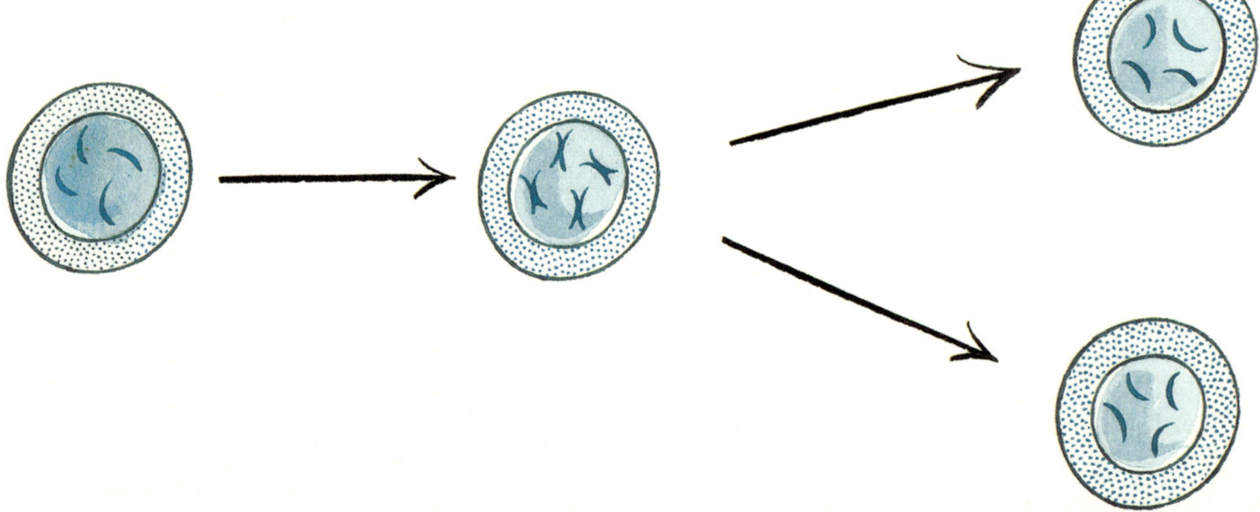

처음 태어난 모든 세포는 다 같아요. 하지만 DNA에 담긴 정보에 따라 각기 다른 세포가 되지요. 우리 몸에는 200여 종류의 세포가 있어요.

- 몸을 움직이게 하는 근육 세포
- 몸에 메시지를 전달하는 신경 세포
- 우리가 생각할 수 있도록 서로를 연결하는 뇌세포
- 몸을 보호하는 피부 세포
- 몸의 모든 부분에 산소를 전달하는 혈액 세포

이렇게 우리 몸의 각 부분이 자라기 시작하는 거예요.

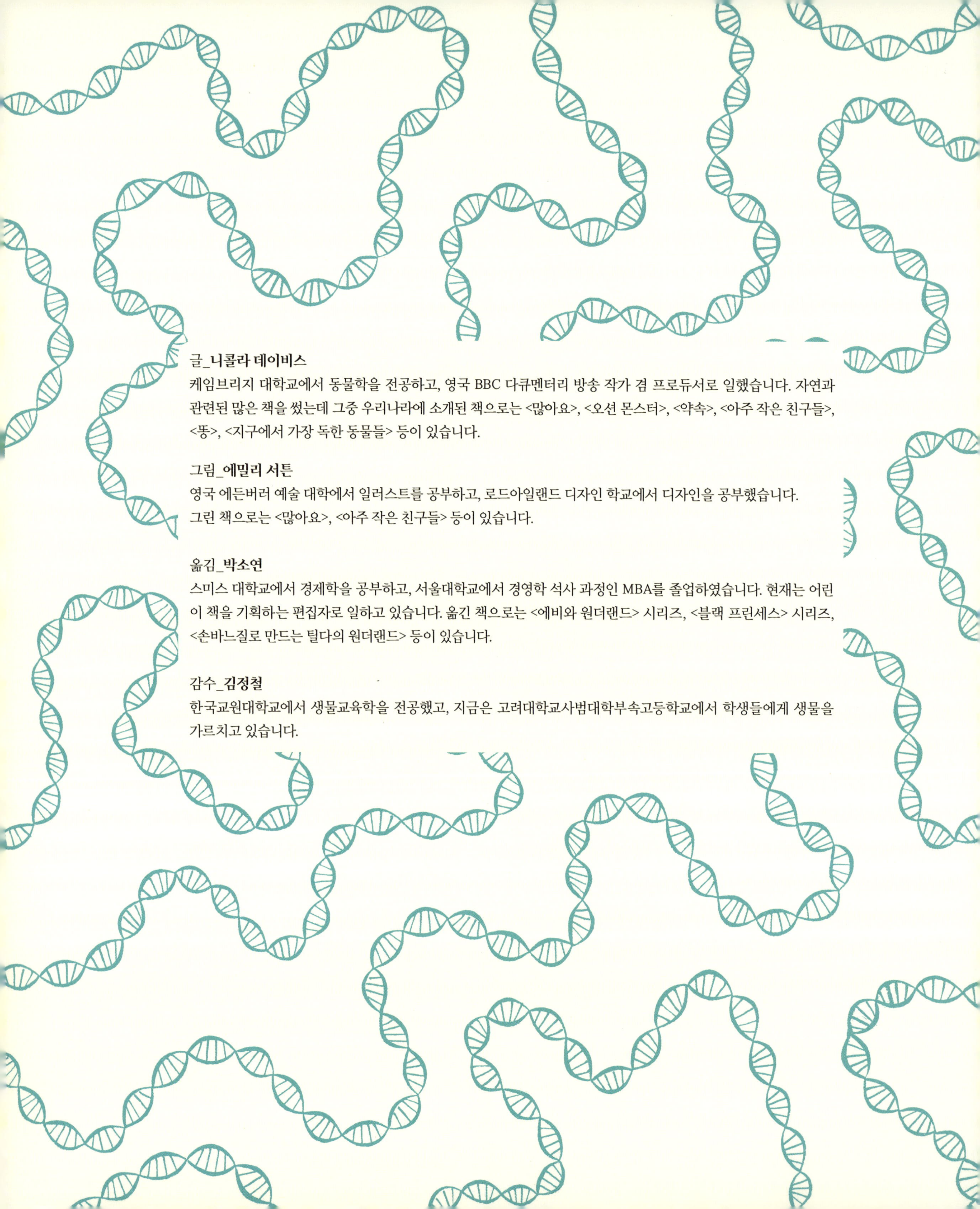

글_니콜라 데이비스

케임브리지 대학교에서 동물학을 전공하고, 영국 BBC 다큐멘터리 방송 작가 겸 프로듀서로 일했습니다. 자연과 관련된 많은 책을 썼는데 그중 우리나라에 소개된 책으로는 <많아요>, <오션 몬스터>, <약속>, <아주 작은 친구들>, <똥>, <지구에서 가장 독한 동물들> 등이 있습니다.

그림_에밀리 서튼

영국 에든버러 예술 대학에서 일러스트를 공부하고, 로드아일랜드 디자인 학교에서 디자인을 공부했습니다. 그린 책으로는 <많아요>, <아주 작은 친구들> 등이 있습니다.

옮김_박소연

스미스 대학교에서 경제학을 공부하고, 서울대학교에서 경영학 석사 과정인 MBA를 졸업하였습니다. 현재는 어린이 책을 기획하는 편집자로 일하고 있습니다. 옮긴 책으로는 <에비와 원더랜드> 시리즈, <블랙 프린세스> 시리즈, <손바느질로 만드는 틸다의 원더랜드> 등이 있습니다.

감수_김정철

한국교원대학교에서 생물교육학을 전공했고, 지금은 고려대학교사범대학부속고등학교에서 학생들에게 생물을 가르치고 있습니다.